소리 날아 오르다

김현숙 제8시집

한누리미디어

국립중앙도서관 출판시도서목록(CIP)

소리 날아오르다 : 김현숙 제8시집 / 지은이: 김현숙. -- 서울 : 한
누리미디어, 2012
    p. ;   cm

ISBN 978-89-7969-427-7 03810 : ₩8000

한국현대시[韓國現代詩]

811.62-KDC5
895.714-DDC21   CIP2012003026

언어의 집짓기

— 제8시집을 상재하며

　우리집 왼쪽에 마당 넓은 단층집과 맞은편의 교회가 동시에 헐리고 지금은 훤하고 말끔한 신축 빌라가 들어섰다. 집을 허물고 세우는 과정에서 견디기 어려웠던 건 소음이었다. 조용한 골목에 차오르는 분주한 소리들은 우리들의 몸과 마음을 쉼없이 긁고 파고 두드려댔다. 그렇게 해서 마련된 버젓한 집들이 위용을 뽐내고 있는데, 그간 문을 닫아걸고 몸서리치며 몸살 앓던 이웃들은 건물의 안까지 구경한 뒤 너나없이 새집에 맘을 빼앗기는 눈치다.

　무수한 과정을 거치며 집을 짓는 시간들을 보면서 시인들의 언어의 집짓기를 생각했다. 계획된 설계에 따라 나날이 몸집을 불리는 건축에 비해, 시인들에게서 언어의 집짓기는 한 편의 시가 얼굴을 보이기까지 어느 대목 혹은 기본 설계마저 다 허물고 다시 기획하고 다시 짓기를 반복한다. 마지막 탈고까지는 어떤 모습으로 나타날지 어림짐작할 수 없는 완벽한 미완의 상태다. 어느 순간 나름의 완성이라고 해서 미동할 수 없는 구조의 탄탄함이라든지 미학의 극

치를 두루 다 갖추는 것도 아니다.

우리 시인들이 한 편의 시를 낳는 데는 건축업자들이 4층의 신축 건물을 올리는 만큼의 시간이 소요되기도 한다. 물론 비교 안 될 정도로 빠른 시간에 또는 보다 더 긴 산고를 치를 수도 있다. 어떻든 30년 동안 내가 정성을 기울여 지은 수많은 언어의 집들은 저들의 노고와 비슷한 거라고 감히 말할 수 있다. 그러나 누가 믿겠는가. 이번 여덟 번째의 시집을 묶는 동안까지는 저런 건물들이 적어도 6,70채가 이 땅 어딘가에 들어서서 많은 사람들이 살아갈 수 있는 보금자리를 제공했을 것이고, 의사라면 수많은 환자를 살렸고, 농부라면 농사를 지어 국민에게 식량을 보급했고, 경찰이라면 민간치안에 몰두한 시간들인 것이다.

그렇게 견주어본다면 시를 비롯한 모든 창작이 예술인의 특질을 벗어나 사회 누군가에게 희망이나 위안이나 용기를 주는 삶의 지표 또는 삶의 순화라는 적어도 이런 소명의식을 잊어서는 안 될 것 같다. 한편 삶의 우여곡절을 감내하는 한 수단이 되어 가장 가까운 가족에게마저 누를 끼칠 수도 있었던 나의 시 쓰기를 성찰하는 통과의례, 6월 시집 출간에 앞서, '산에서'의 '어린 왕자'인 작은 아들은 시에서 튀어나와 정말 왕자같이 공주를 맞이하는 혼례식을 치루었고 그들의 행복을 기원하여 '눈웃음'의 큰아들을 비롯한 가계家系의 눈물어린 응원과 하객의 축복이 있었다.

시는 '삶의 노래'다. 삶이 있는 한 노래는 지속될 것이다. 게을러질 때마다 4층 창문을 가끔 열어놓으리라. 나를 들볶던 아니 한 동네를 들썩이던 그 많은 소리들은 다 높이로 날아오른 것일까. 저 신축이 시작될 당시의 폐허와 인부들의 땀과 미치도록 괴로웠던 기계소리, 이 모든 것들의 거친 아우성을 수용, 융합하여 쌓아올린 목표물의 저 고요하고 균형잡힌 자세를 바라보며 생각해 보리라.

> Though nothing can bring back the hour
>
> Of splendor in the grass, of glory in the flower
>
> We will grieve not, rather find
>
> Strength in what remains behind
>
> — William Wordsworth의 시에서

(초원의 빛이여, 꽃의 영광이여/ 시간은 그 어떤 것을 되불러 올 수 없다 한들 어떠랴/ 우리는 슬퍼하지 않으리, 오히려 뒤에 남은 것에서 힘을 찾으리)

내 여덟 번째 시집에 들어있는 인연의 사람들과 사물들, 그리고 시집을 한층 빛내주신 평설의 유한근 교수님과 출판을 맡아주신 김재엽 사장님에게 감사드린다. 또 힘껏 살아갈 수 있도록 힘을 실어주는 가족에게 감사한다.

祥雲齋에서, 水香 김현숙

차례

제2부 날아오르다

제3부 길 위의 집

제4부 그 섬에 갔다

제1부 소금꽃

소금꽃

짱짱한 오뉴월 땡볕
어머니 손발은 밭에서 익고
빨래가 줄타기하는 동안에
장독 하나 하나 속을 열고
햇빛과 바람을 깊이 묻었다
종종걸음 꼬부랑길 백리
집 안팎 고갯길도 넘는지
속적삼 흥건히 적시는 땀방울
물기 다 거두어 간 저녁엔
어머니 몸에 피던 소금꽃

울타리 둘러친 풀꽃들 중에
으뜸으로 질긴 뿌리꽃, 어머니
다시 돌아보는 굽은 등줄기에
밀물 썰물 들락거리면서
짠 세월 밀쳤다 당겼다 주름 긋고
잦은 빗줄기에 새끼들 삭을까 녹을까
재겼다 넘겼다 하는 햇살
쫓아가며 주워 담은 무명 앞치마
그 낮은 길 따라
고요 가득한 소금꽃 하얀 꽃밭

이팝나무

젊은 날
내 울 안에서
오직 허기진 배를 채우던
하얀 이밥은
먼 길을 돌아오는 동안
어느 산자락 가득 넘치는
향기로 남았네
사랑하는 사람들
넓은 그 품에 맡기고
손 모아 바치는
눈물로 남았네

도마의 추억

스무 살 그녀는 도마에게로 왔다
장작 아궁이 화덕 부근에 있었다
하루에 세 번, 도마에서 자르고 썰고
가르고 베고 다지고 토막 쳤다
하루같이 무엇이든 자로 잰 듯 솜씨를 뽑았다
출세한 가족들이 밖으로 돌 때도
그녀, 도마에 있었다
갖은 채소와 고기와 생선이며
마른 것과 젖은 것들이
잽싼 손놀림에 삽시에 부서졌다
매운 날은 기웃거리는 햇살까지 쪼갰다
이제 부엌에 꼿꼿이 서서
감당 못할 시대의 물결을 베고
설움이나 노여움까지도 잘디잘게
썰고 또 썰고 다지고 또 다졌다
쳐낼수록 커지는 세상의 몸을
무딘 칼 하나로 맞설 수 없을 때
도마를 버렸다

그녀, 여든 여섯에 마감했다

음식물 더미에 깔려 살았으나
그 무렵 위胃, 바람 빠진 풍선
며칠째 비어 있었다

도시의 새들

새들이 도시를 떠나자
빌딩의 숲에는
새가 된 사람들이 산다
아침 햇빛을 두르고, 떼지어
수평의 바람 속을 달려온 새들은
엘리베이터를 타고 수직으로 날아오른다
저물녘 노을에 잠겨
다시 일제히 수평으로 날아간다
사통팔달의 하늘
그러나 새들은 낮게 가라앉아
한눈팔지 않고
익숙한 한 하늘을 찾아들 뿐이다
날개가 퇴화한 새들이
밤낮없이 찻소리로 우는 사이
사람이 되고픈 새들은
대열에서 처져 골목길에 남는다
천천히 걸어 '고향집' 에 닿고
삼겹살에 소주 한 잔 목을 풀거나
한강, 밤의 거나한 조명 아래서
또 다른 땅을 향해
날개를 편다

적조암에 머무를 때

암자는 마을을 굽어보며
그 어둔 골짝 끝에
등불처럼 걸려 있었다
5월은 오동 꽃지붕으로 떠 있던 집

스님의 독경에서
가끔 풀냄새가 떨어지고
우리들 스치는 옷깃에서
근심들이 바스락거렸다

나를 비우다 비우다 못 다 비우고
뒤뜰에 나와
쐐기풀, 코딱지풀, 말똥비름이나 지칭개
그늘 속에 잠긴 이름들을
하나씩 불러내곤 했다

잠깐씩은
우리 함께
햇빛 쪽으로 몸을 기울였다

길 따라 가면서

햇살 고개 숙여드는 무렵에
살아가는 쓸쓸함에
자꾸 목메이면서 걷다가
나무 한 그루 만나
잘 뻗어간 가지 보았다
그 그늘에서 쉴 때
나무 둥지 뒤에서
반쯤 얼굴 가린 풀꽃 웃고 있었다
고개 들었을 때
먼 길에서 손 흔드는
산 하나 보았다
많은 사람들 오갔고
많은 건물들 번쩍였는데
다만 내게로 걸어오던 그들
서서히 목쉰 울음 갈앉고
새소리 배우던 그때를
지금도 한 번씩 돌아보고 있다

이상한 기쁨

빤히 보이는 길이라도
강물이 불어나면
강을 건너지 못합니다
비가 오래도록 오면
집안에도 물도둑 들까
밤낮 없이 지킵니다
언덕과 오솔길에
나무와 꽃들이 외로움을 기댄 곳
그들 두고 혼자 뜰 수 없습니다

한철 비가 휘두른 동네 한 바퀴
바람의 대바늘과 햇살의 실 서로 밀고 당기며
패인 흔적들 말끔히 기워놓는 곳
저쪽으로 건너간 희망
훌쩍 떠난 사람들 하나 둘
이쪽으로 되 건너오는 기다림
장마철을 오고가며
몸이 길들인
이상한 기쁨이랍니다

산수국

아침고요 숲속 길
줄지어 따라가며
오늘 푸른 강물이예요

깊디깊은 산 속에서 살았죠
지갑 비었다는 입소문
빠르게 퍼져 나갔고요
벌 나비도 눈치 챘지요

바깥으로 얼굴을 쑥 뽑아
얼굴로나 살까 하다가도
속임수로 산다는 게 부끄러워
바로 얼굴을 지워 버렸어요

우리는 줄지어 띠를 만들고
얼굴 없는 물
푸른 미래로 흘러가요

후쿠시마의 봄

한라산을 쑥쑥 들어올리는
손아귀 힘센 쑥도 없고
작은 귀에 아테나 꽂고
하늘별과 소통하는
땅 개별꽃이나
언덕을 마구 구르며
아무 계산 없이
금화를 뿌려대는 민들레도 없다

사람도 시금치도 뿌리 끊고
황급히 도망가 버린
그 땅에는
지금 방사선 물안개
인공 꽃다발뿐이다

외도, 천국의 계단을 밟으며

어찌 이 섬에
천상의 씨를 뿌릴 줄 알았는가
남해에 펼친 사람의 신화는
꽃과 나무 숲으로 부풀어 오른다
코르프섬에서 온 부겐빌리아가
우리의 연산홍과 함께 웃고
남태평양 야자수가
이 땅 대나무와도 키를 겨룬다

파도가 섬을 한 번 휘감을 때
바람이 한 번 머리칼을 풀 때마다
빛이 한 움큼씩 차오르고
아름다움이 키 크는 곳
에게해의 사모트라스의 여신이
다시 한 번 비상하려나
'천상의 나팔꽃'은 흰 나팔을 불어댄다
여기서 너는 월계수 나무숲
여기서 나도 파파바 꽃밭

카이카스 향나무 아래 쉬는 새

편백나무들의 호위를 받으며
천국계단을 밟고 내려서면
복병으로 숨었던 꽃들이 일어서다
그 사이 네가 왔구나
내 속의 열두 대문을 박차고 뛰쳐나온
그리움의 말(馬)들, 바다를 달린다
그 사이 네가 떠났구나

꿈을 만드는 사람들은
함부로 심거나 마구 뽑아내지 않는다
꽃보다 더 아름다운 손들*을 쓰다듬으며
발소리 죽이고 섬을 돌아가는 파도
바람도 펄럭이는 옷깃을 여민다
그리고 섬의 발치, 나직한 교회의
허리께에 그리스도 십자상
그 아래 옛 우물, '석별의 샘'의
성수聖水 한 모금

*손들 : 이창호, 최호섭 부부

선유도 저녁

해질녘, 새들은 이곳으로 돌아와
천 갈래 갈래진 제 이름을 버리고
한데 모여 새떼가 된다
거리에서 떠돌던 바람도 날개 접고
머리를 맞대 강물로 깊어간다

헛딛지 않으려고
땅을 붙들고 안간힘을 쏟던 우리들
발바닥 힘도 슬그머니 빠져 나가면
바다나 강 같은 수심水心에
먼 산이 날아와 앉는다

노을이 사무치는 때엔
촛농 녹아내리는 안개섬
오갈 데 없는 물 속 생애가
어둠 속에 허물을 벗어 말리는
오직 이 한 때

시절을 위하여

주방 구석 한켠에서
깐 마늘 새파랗게 흘기는 눈초리
비닐봉지를 뚫고 나와
가슴팍에 찰싹 엉겨 붙는다
얼마간의 때를 놓친
나의 무심

부글거리는 속이
독毒으로 눈뜬 새벽을 자른다
맛으로 남기기 위하여
힘을 준 매운 눈
힘을 뺀 매운 맛
섞지 않으면 안 된다

더불어 떡뭉치가 되어
맵짠 일념一念
다시 때를 기다린다

동백숲에서 · 2

동백잎처럼 우리 퍼렇게 반들거리던 때
고향, 동백 보러 가자더니
뭐 그리 바빠
일찌감치 너 먼저 자리를 뜨고
나 혼자 섬에 남아
이 땅에 네가 마지막 뱉어 놓았던 게
동백보다 검붉은 세상살이였는지
흔적마저 지우려는 파도의 바쁜 손길을
멀거니 들여다보고 섰구나

숨 가쁜 날

토실토실 살오른 나무들
풀풀 향기 날리는 꽃잎들
분수처럼 뿜어내는
햇살을 찢으며
느닷없이 소주병이 날라들자
봄의 얼굴이 박살난다
누가 쏘아댄 분노의 화살이
지구의 정수리에 내리꽂힌다
나무의 푸름마다 금이 가고
숲이 수런거린다
누구도 돌아보지 않는,
그의 희망
헉헉거리며 헐떡거리며
우리들은 깨진 오월을 넘어간다

밤꽃

유월산을 보라
시냇물에 발 담그고 놀던 아이들은
살갗에 닿는 바람에도
제법 우쭐거리며
어른으로 가는 길목에 서 있다
가슴이 터질 듯 부푸는 청년기에는
은근히 갑갑한 발밑 땅이여
세상은 넓다
남자가 되었음을 알리면서
그물 같은 규율을 걷어내고
산 밖으로 왈칵 쏟아질 것 같다
먼 바다로 미친 듯 흘러가고 싶다

시인의 집

강진군 강진읍 남성리 김영랑 시인의 집에서
셋째 아드님 현철씨가 들려줍니다
"오매, 단풍 들겄네"
장광에 골불은 감닢 날라오아…
시인은 여동생의 염려*를
짚어본 거라고 했습니다
남도의 곰살스런 방언이 곳곳에 묻어나는 돌 시비詩碑
아드님을 에워싸고 장광에서 사진을 찍습니다
시인 19살에 심은 은행나무
혼자 껑충히 키 큰 가을이 분명한데
어디서 아니 아까 잔디밭에서 따라온
모란에서 오월이 쏟아지는가 싶더니
저의 아버지가 떠나신 그 해부터
꽃밭에서 매년 기다리던 모란과
그 집 새 주인에게 넘겨주고 떠나던 어머니가
연고도 없는 이 마당으로 쑥 들어서시네요
막내라고 이뻐하던, 젊은 언니 오빠들도
왁자지껄 들어서네요
갑자기 햇살 가득한 모란천지네요
찬란한 슬픔이 뚝뚝 떨어지는 가을날

*시인의 여동생은 또 한 해 혼기를 넘길까를 은연중에 걱정하고 오빠가 그 마음을 짚어봤답니다.

폭포

목소리 낮게 흐르던
참한 친구에게
길 하나를 선뜻 터주었더니
오늘은 어떤 대목에서 맺혔는지
가슴팍을 때리며
아예 자갈돌로 구른다

그간 뭉쳤던
크고 작은 입소문이
바윗돌을 쪼개는 징소리
높은 벼랑을 단숨에 뛰어
길거리패들과 한통속이다

여름날

– 와동

골목 끝집 자귀나무 꽃 한창이라
한눈팔고 걷는데
느닷없이 개 한 마리 뛰어오더니
물어뜯을 듯이 으르렁거린다
"목걸이 좀 하고 다니지" 하고
놀란 얼굴을 쓸어내리자
개 주인 빤히 흘겨보면서
"안 물거든요" 하고 휙 돌아선다
하긴 며칠 전 한밤중에는
대문 앞에서 고래고래 싸우는
젊은 연인 때문에 잠을 설쳤다
요즘은 밤낮 구별이 없다 보니
한밤중에 짖는 게 개가 아닌가?
우쭐거리며 걷는 짝을 보느라니
더위마저 그 편들어 쌍심지를 돋운다
'담 너머로 자귀나무꽃 훔쳐봤다 이건가?'

간이역

완행열차가 잠시 멈추었던 곳

긴 우기雨期를 돌아온
접시꽃 한 무더기
젖은 생각을 털어내고 있는
역사驛舍 위로
뜬금없이 떠오른 무지개 새 한 마리
그 날개 아래
일곱 빛깔 물드는 하늘 아래
세貰 들었었다
나는

간이역을 스치다

긴 우기가
이 땅을 떠나고는
불볕에 쫓기는 접시꽃도
그늘을 찾아갔는지
알던 얼굴은
조금씩 자리를 바꾸고
하나씩 자리를 뜨고
열 번의 여름이 지나도록
아니 그 두 배가 지나도록
쌍무지개는 떠오르지 않았다

매화 한 그루

짧은 해가 잠깐씩
햇가루를 흘리고 가면
얼음박이 몸이 뼈마디 마디 녹아나고
입김은 꽃안개를 풀어
깊은 골을 적시지만

그대가 풀어놓지 못한
이 산 모퉁이
바로 그대의 감옥이네
서성거리다 머뭇거리다
깜깜하게 졸아든 천리향이여

어느 천지에 너를 풀어놓겠느냐
알 듯 알 듯한
뜻 하나
그대 눈 떠서
곧장 이 산을 넘어간다면

불어라 바람
밀물쳐라 봄

아카시아 필 무렵

아카시아 한창인 오월에 떠난 그가
몇 해가 지나서
여기저기 하얀 웃음을 터뜨리며
오월 한낮
산속에 소근대는
개울물 소리로 찾아왔다

착하게 살다 보면
웃음 한 자락이라도
이 땅에 깔아둔 게 있군
몸이 가벼우면
저승의 울타리도
이렇게 쉽사리 뛰어넘는군

지금 이 순간에도
누구는 살아서도 죽은 듯
또 누구는 죽어서도 살아있는 듯
산을 오르고
산을 내려간다

제2부 날아오르다

나무처럼

이 세상에서
강 건너 산처럼
마주 봤으니
남은 날 동안
쉼없이 돌다리 놓아
저세상 건너가선
한 데 엉기는 나무가 되자
향기 어울리는 숲이 되자

봄날
— 와동에서

길모퉁이에 붙어섰다가
움퍽 찢어진 입으로
내 엄지발가락을 팍 물어뜯은 돌이다
오가다
더러 냅다 차고 엎어진 사람
멀찌감치 돌아갔다는 후문後聞인데

누가 보냈는지
조금씩, 쉼없이 날아온 흙바람
사납게 찢어진 빈 입을 채우고
떠도는 홀씨 한 점 불러다
긴 겨울잠을 재웠던가

그리고 그의 머리맡에 꿇어앉은 神의
목울음 떨리는 새벽기도 있었던가
해코지 해온,
음울하고 독한 생애를 풀고
풀꽃 한 송이로 거듭난
돌의 이 파안대소破顔大笑

층층나무에게

장마 휩쓸고 간 그 여름 끝에도
온몸 젖은 생각을
너와 함께 말렸더구나
총총 겨울에 와서 보니
네 비어 있는 가슴에
오가며 걸린 말이나 웃음
기억의 푸른 잎 너울대는
너, 한 그루 나무
바라볼수록, 그저 바라볼수록
까마득하게 차오르는 그날들이
어디서 오는 바람인지
오색 층층의 바람결을 타고
장강長江으로 흘러가네

봄밤

꽃눈 휘날리는 천지
가슴 속 바람 부는 길을
누가 자근자근 밟고 오는지
가다 더는 못가고
돌아오고 있는지
끝없이 끝도 없이

까치집

노을 속에서 더 잘 보인다
나무가 앓는 완벽한 상처
심장부에
새의 둥지를 허락한 날부터

반디지치

— 푸른 사랑

네 뒷모습
골목 꺾어서 돌아갈 때까지
눈에 오래 넣어두었다
푸른 별을 이고서
산 넘고 물 건너 갈 때까지
가슴에 오래오래 담아두었다
장맛비에 떠내려갔는지
그날 이후
본 적이 없다

한없이 기어간 뱀의 흔적처럼
구불구불 함께 걸어간
아주 기다란 시간 위에서만
또록또록 눈뜨는 푸른 별 한 개
자꾸 눈을 맞추다가
자꾸 뒷걸음치다가
아무래도 먼 날
내 관 속까지
너 따라올 것 같다

달밤

밤마다 그대를 찾아가고

가다가 다시 돌아서면

풀꽃만 간간이 흔들리던 길

이미 알고 있었다

어둠 속에 내다건,

등불 하나와

잠 못 드는 그대의 오랜 슬픔

날아오르다

미루나무 가지 끝에
까치 두 마리

사랑이란
아무나 닿지 않는
저리 아득한 높이로
날아오르는 걸까

세상 밖
둘만의 세상으로 달아나도
둘만이어서
더 잘 보이잖아

서산마루에 매어둔 노을
눈시울 붉은
저 가지 끝에

향기

네 이마에 날리는
갈빛 머리카락 몇 올

빗소리에 섞여
방울 튀기던 물빛 목소리

홀로 긴 담벼락을 걸어가면
그림자 따라붙는 오랜 기억

그 어떤 꽃으로도
말할 수 없다

오동꽃 · 2

오동꽃 흰 얼굴
오며 가며
골목길에서 붙잡네
그 해 오월은
걷는 길 참방대는 웃음 꽃망울이더니
너 떠난 이 오월은
발걸음 툭툭 채이는 눈물 방울꽃이구나
너 돌아올 리 만무한 오월마다
세상 그렁그렁 흔들리는 바람 꽃너울이겠다

오동도 동백숲에서

― 네게 쓴다

꽃 핀 한 시절 이울고
내 어찌
꽃이 진 6월 저녁에
네게 홀로 이르렀는가
젊은 날 내 명부에 오르지 못한 그대인데
이제 와서 후회는 아니련만
돌연 가슴팍을 치고
허공에 휙 솟구쳐 맴돌다가
툭 떨구는
내 주먹만한 눈물을
저 바다는 그 큰 입을 쩍 벌리고
단숨에 꿀꺽 삼켜 버린다

단풍나무

그 나이에
꽃이 되다니

시뻘건 여름으로 달궈도
퍼렇기만 하던 추위

그 냉기를
누가 와서
말끔히 벗겨냈구나

이렇게 환하다니
네겐 바로 지금이
생의 봄날이구나

그 오랜 장마

쉬잖고 오는 비
개울물 불어나면
징검다리 물밑에 숨어
네게로 가는 길
너무 멀었다
튼튼한 다리 새로 놓이고
객지 차들은 왕래가 늘었는데
그 많은 장마 왔다 가고
그 많은 개인 날에도
끊어진 네 소식만
징검다리 따라
물속 깊이 떠도네

겨울산에서

겨울 어깨에 둘렀던
긴 오른팔을 내려놓고
저 노을이 떠나면
세상의 길들은
금방 어둠에 쫓기리라

보인다
그대 뜨락에 켜는
주홍등燈 맑은 눈빛

칠흑 밤바람에
울퉁불퉁 투덜거리는 길을
손잡아 달래보려나
이 산머리 쪽으로 놓인
그대 찬 손

아버지

무릎에 앉아서 듣곤 했어요
호랑이하고 함께 걷던 통학시절 얘기
엄하신 어머니께 혼날 때
숨겨주던 등 참 따뜻했습니다

아버지는
세상 바람이 와서 밀어제칠 때는
등 꼿꼿이 세운 채 흔들리는
대나무였습니다

하나 둘 자식들 제 길 떠난 집에
시집살이하다 돌아와서 보면
늘 꽃밭에 사시면서, 이른 봄엔
엄동설한 참고 피어난 꽃들은
그래서 더 참하다고 말씀하셨습니다

오월에 아버지 가시고
눈치없이 흐드러진 꽃들
뒤늦게 얼굴 내민 모란이랑
봄날이 사뭇 사무쳤습니다

세상사 더러 머리를 쥐어뜯을 때도
어디선가 조용히 바라보실 아버지
바르게 걸어가신
힘든 그 길 따라 갑니다

첫눈

한밤
오시는 눈
칠흑 어둠을 뚫고
천 리 만 리 달려간다
굽이굽이 바람을 휘돌아
네게로 날아간다
길에서
하얗게
뜬눈으로 지샌다

얼음꽃
― 벚꽃터널의

산문山門에 터 잡은
보송보송한 분홍 꽃구름
그대의 얼굴
시퍼런 속내 강물로 넘실거렸어라
그러 그러한 입소문이
꼬리 틀어 누운 이 골짜기에
누가 와서 그대를 부른다
그대 야윈 볼에 흰 면사포를 씌워
이 삼동에 입맞춤하고
잠든 그대 몸을 깨운다
밤새 산이 운다
실핏줄 올올이 타고 가던 눈물이
환호하며 일어서는 화답
눈을 감으면 이 골짜기 저 골짜기
정신없이 쏟아지는 빛

억새

한 번 빼 들은 칼은
거둘 수 없는 것이니
시퍼렇게 날선 칼이
수없이 곁도는 잔바람을 베었으나
제 때를 만나지 못해
봄, 여름을 다 넘기고
들판에서 오직 기다림으로
때묻고 여위었으니
밀려온 가을 앞에서
칼날 빛을 허옇게 죽이네

사랑이여
단칼에 베어 넘겨
그 붉은 피로 철철
물들이고 싶던 날들이여

땅끝마을

저녁노을 먼 길 따라
너에게로 간다

너 무슨 이유로
혼자 웅크리고 있는가

너는 바다인가
너는 땅인가

그러면 바다 속의 땅인가
그러면 땅 속의 바다인가

오늘도 나는 네게로 가고
오늘도 너는 내게로 온다

밀물

수평선에서부터
고요히 발끝 들고 와서
물새들 마른 입술이나 적시더니
푸르고 반짝거리는 근육질 몸이
냉큼 달려드는 그곳
푸른 산 하나 일어선다
꺼멓게 누웠던 갯벌을 품고
칡넝쿨 넌출거리는 바다
팽팽해지는 하루치의 행복이
제물에 꺼져가기 전까지는
잠시도 멈출 수 없는 춤
이 미친 소용돌이

명자나무

삶이 오래
추운 바람에 쫓긴 거라면서
울타리를 마구 넘어오는 햇빛에
전신을 바짝 풀 붙이고 있는
달콤한 얼굴
몸은 아예 불덩이다
아! 하고 다가들기엔
세운 손톱이
너무 가파른 벼랑이다
그저 언저리나 맴돌다
아득히 멀어지는
사월 바람을 따라
더 아득히 멀어지고 있는
그 섬의 기억 한 채

오늘 사랑

꽃이라 해도
너무 가까이서
밝은 얼굴 한참 보고 있으면
푸른 나무 그늘에서
잠깐 쉬어가고 싶다

새라 해도
너무 가까이서
쉼없이 조잘대는 얘기 듣다 보면
입 꿰매고 앉은 바위에 기대
잠깐 눈붙이다 가고 싶다

오늘
나의 사랑은
나무인 듯 바위인 듯
먼 바다를 꿈꾸며
고요 속에 졸고 싶다

제3부 길 위의 집

길 위의 집

길이 등에 혹을 달고 걷는다
금방이라고 굴러내릴 것 같은
가파른 언덕의 포장마차 두 채
쌍봉에 더운 오뎅국을 끓이며
겨울사막을 건너가는 낙타

소나기 길길이 날뛰는 밭머리에서
빗줄기 따라 널뛰던 잎사귀 뒤에
잎사귀보다 더 새파란 입술을 물고
죽은 듯 엎드린
배추벌레 한 마리

神이 초강력본드로 눌러붙인 것일까
유일무이한 그의 밥상
그의 업을 꼭 붙들고 놓지 않았다
앙칼진 손끝을 적시던 초록 핏물
빗방울보다 더 굵게 뚫어진 여름을 보았다

한파 속에서 돌아오는 사람들
따뜻한 입김으로 녹이며

엄동설한에도
뚜벅뚜벅 낙타는 걷는다
사막이 있는 동안

밥그릇을 위하여

나, 밥그릇
밥보다 많은 눈물이 찰랑거렸다

식솔과 먹고 사는 일
짧은 개미다리로 바삐 뛰다가
땡볕에선 목마른 매미울음을 쏟았다
가끔 밖에서 받는 따뜻한 밥상머리에서는
순한 가시, 두 아들 목구멍에 딱 걸렸다
아직도 밥은 나의 천적이다
선생 놓은 지가 언젠데
그 바른 말이란 걸 들이대자면
밥이 밥그릇을 쿡 찌르며
얼른 고개를 저었다
그날, 더 이상 나를 가두지 않았다
밥을 밀어제친 목소리
폭탄 한 개가
세상을 향해 날아갔다 그리고
힘준 목을 꺾고 바닥에 툭 떨어졌다

눈치에 절은 그릇을 공복의 햇살로 닦는다

안아달라는 풀꽃 맑은 몸들과 눈이 마주치자
빈 속이 짜르르 부풀어오른다
참 오랜만에

눈물을 씹다

풀 위
이슬 한 점
밤새 온몸으로 지어 올린
우주 하나
손에 쥔 것 다 놓고
잡생각 버리고
투명한 공(空)
햇살이 손가락으로 꾹꾹 찔러 본다
바람도 이리저리 굴린다
바닥으로 쉬 떨어지지 않는다
햇살이 입에 넣고 씹는다
바람도 꼭꼭 씹어 삼킨다

엄나무

누구라도 태어날 때
지고 갈 십자가는 있다더니
이 몸이 바로 나의 십자가라
촘촘히 가시 박힌 몸뚱아리
잡귀나 쫓으려고
꽃밭에서 슬그머니 대문께로 옮겼다

빤질한 껍데기 대신 약藥손
하늘이 알아서 준 거라고
누가 또 덧붙였더라
이미 가시에 찔려 본 몸이라
남의 가시도 곧잘 빼준다나
입소문이 담을 넘었다

이런 저런 가시를 보여주며
누가 가끔
나의 잔뼈를 똑똑 꺾어간다

달맞이꽃

보름달은 보름만에 떠올랐다
그래서 야간 작업장에서는
밤새도록 눈에 불을 켰다
몸에 불이 꺼지는 아침
뚝방길로 오다 보면
8차선 다리 위 뻗은 햇살을 따라
차들이 100m 단거리 선수처럼 뛰었다
옷 갈아입고 채비를 하고
걸어서 나는 또 직장으로 갔다
해바라기떼들 우우 뛰어오르는
한낮에 깜빡깜빡 졸았다
몸 속의 배터리를 충전하면서
가만히 있었다
깜깜하게 불 꺼지는 법 없도록
날숨 들숨 방전되지 않도록
내 몸 껐다 켰다 하면서

개별꽃 앞에서

날개 막 돋아난 어린 바람
숲 속을 가만히 걸어다니다가
큰산 기슭에서 해바라기하는
난쟁이 개별꽃 앞에서
딱 눈높이를 맞춘다

잘디 잔 이를 하얗게 드러내고 웃는
천진난만한 순결 앞에서
누가 오래 지켜줄거나
자신은 폭풍의 싹이라고
떠벌리고 싶지 않다
앞날을 앞에 끌어당겨다 놓고
먹물을 끼얹고 싶지 않다

'너는 천지간에 나의 으뜸' 이라고
바람은 엄지를 똑바로 세운다
내친 김에 한 수 더
'나는 너의 수호천사가 될래'
말이 그렇다는 것이지

빨래, 그늘에서도 마른다

빨래는 쨍한 햇빛에서 바싹 마른다
살균, 소독한 옷 맛은 가슬가슬하다
우기에도 빨아야 할 옷가지는 있어
베란다나 거실에 빨래걸이를 세운다
그런데 옷가지가 걸린 동안
바닥까지 어깨를 쭉 빠뜨린다

우기는 수시로 담을 넘고
그 비 온몸으로 맞았는데
무슨 수로
젖은 속 다 말렸던가
쨍한 햇빛을 기다릴 동안
기대 설 그늘 축축하다

좌판의 봄

전철 역사 안에도
한 자루 봄이 펼쳐 있다
어쩌다 한 줌씩 자리를 뜨면
남은 것들은 시들시들한데
안과 밖이 다른 생각을 하는지
빛을 향해 버둥거린 머리칼은
숱 많고 짧고 푸르고
스스로 삽질해 파고 들어간
뿌리는 곧고 길고 희다
짧은 머리칼의 봄이
긴 뿌리의 겨울과 동행하여
'냉이' 라고 세상에 외쳐 보지만
무수한 발 앞에 엎드린
기다림은 또 있다

솜다리

공룡 능선에 손을 짚었을 때
발을 덮을 한 장의 온기
흙은 이미 떨어져 나가고
주위를 에돌던 절벽
오뉴월 햇살마저
계곡으로 성큼 내려서는데
꼭 여기서만 볼 수 있는 절경
거기 너 있는 곳
내 눈길 오직 두려움없이
눈 덮인 한계령으로
한 발짝씩 오른다

기운 내! 들꽃

들이나 산에서
맘껏 뛰놀 풀꽃이라도
화초 옆에 앉아서는
쓸데없이 기가 죽는다

그러나 이것 봐라
나비 한 마리
네 향기 맡아서
산 넘고 물 건너서 왔다

냉이

지난 겨울 동해쪽 폭설은
집도 차도 찌그러뜨리고
길고 잠깐 세상 밖으로 쫓아냈는데
이들은 어떻게 버틴 걸까
가냘픈 목이 갑자기 호미라도 된 걸까
언 땅을 파고 솟구치다니
혹 누가 등을 팍팍 밀어준 게 아닐까

작은 입 꼭 다물고 있지만
온몸이 하나의 다리로 뭉친 걸 보면
이 봄을 만나자고
외발로 평생 눈밭을 걸었으리
꺾지 못할 대못 하나
지구 축軸에 깊숙이 박아두었으리

언 들판을 뒤적거리던
촌부村婦 손가락줄을 잡고
마침내 김 서린
세상 밥상에 오르다

새 집을 지으려네

— 이경옥 시인에게

한국의 산과
뉴질랜드 바다에서 각각 한 채씩
도자기와
시에서 각각 한 채씩
집을 짓던 부지런한 사람
이 땅에서 너무 고단했나
올해 단풍구경도 그만두고
2011년 10월 8일, 서둘러 떠났다
아이들, 남편, 사랑, 외로움
그 많은 이야기
시집 외 시
새로 짓고 있는 집
하늘 어디쯤인가
망치소리 울린다

이촌역

김 솔솔 오르던 저녁 밥상
함혜런 시인 출간기념회를 준비하던
동부이촌동 그 겨울의 봄날을 싣고
덕소행 열차는 언 발을 문지르며 당도하고
재빨리 나는 미래에 탑승한다

어느 겨울
앞만 보고 가던 나를
느닷없이 꺾어 세우던
생의 건널목,
이촌역

땡볕 때로는 거친 바람을 번갈아 쐬는
벌판에 선 한 그루 나무
서울에서 가장 몸집 작은 간이역
그러나 중앙선을 품고 있다
변두리란 중앙을 감싸는 둘레 아닌가

그와 이촌역에서 만나
이번 겨울 눈을 머풀러처럼 두르고

국립중앙박물관으로 걸어가야겠다
살아있다는 생각만으로도
내 안에 봄이 팽팽해진다

하류에 이르러

― 큰 오빠 생각

두 줌 밖에 안 되는 생애
뼛가루가 흩날리는 날
거슬러 올라가면
유별나게 푸른 물줄기
상류를 생각한다

외진 들판이나
가파른 벼랑 끝에서
멈출 듯한 내 여윈 물결을
기다려 끌고 가던
힘센 손아귀를 기억한다

오늘, 검복리 층층나무 아래
반짝거리는 눈물로 도배한
아카시아 숲 아래서
내 마른 어깨를 적시네
얼룩진 물무늬를 남겨놓네

섬은

물벼락 맞는 세상을 보았다
노을 든 세상을 울타리로
광대무변한 적막에 무릎 꿇은
오이도, 제부도, 대부도 이런
날개가 퇴화된, 웅크린 새들을 보았다
밀고 밀리면서 찢었다 다시 붙이는 물살
밋밋한 잔주름의 날들을
'깨뜨려 볼까' 한 소큼씩 휘젓는 파도의 독설
하얗게 게거품을 물고 일어선다
저 하늘까지 길을 열어놓고
어디로든 빠져 나가는 바다
자유의 발을 다시 가두어
스스로 추스르는 품 안에서
바닷물은 조금도 줄어들지 않고
어떤 몸부림으로도
받은 목숨 한 뼘도 늘지 않는다

구절초

잠깐!
한 번 알아맞춰 보시라니까요
이 오리무중의 산길
뭣도 모르는 뚝뚝한 바위를
어떻게 흔들었길래
이런 폭소를 자아올렸을까요
예까지 바람이 올라올 줄
어떻게 알아
틈틈이 길을 닦고
기다렸을까요

아! 민들레

대지의 손가락 사이
노란 풍선으로 떠오른 봄
대지가 마침내 잡았던 손을 놓으며
원대한 꿈
인공위성처럼
우주를 향해 쏜살같이 날아간다
홀씨는 산 넘고 바다 건너
대륙에서 대륙으로 이동한다
떨어진 자리마다
봄은 노랗게 떠오른다

채송화를 만나러

햇볕도
비도
채송화를 만나려고
땀 흘려가며
눈물 흘려가며
번갈아 하늘 멀리서 온다
구경 한 번 놓칠세라
허리를 낮게 굽히면서
나도 끼어든다
앉으면 더 잘 보이는
땅꽃 너무 예쁜 꽃

까치의 겨울

한 역사驛舍의 난간에 앉아
부리로 콕콕 쪼아대는 까치
허공이라도 파헤쳐
먹이를 찾아내려는 것일까
감 몇 개라도 남겨두고
새 소식을 기다리는 고향
그 허깨비를 본 것인지
끊임없이 쪼아대다가
시멘트 바닥으로 날쌔게 떨어져
과자 부스러기를 낚아챈다
세월이 한참 바뀌어
그가 물고 있는 소식은 휴지조각
세상 폰들이 열릴 때마다
기다리지도 않는 소식까지
막무가내로 쏟아진다

마늘 향기의 추억

― 아버지의 일기에서

아내는 마늘을 깐다
이제는 장아찌를 사 먹자는데도
"농사지은 사람도 있는데
마늘 까는 수고라도 해야지요"
그래야 제맛을 본단다
손톱 밑이 아리고 허리통도 않겠지만
시작한 일은 끝을 맺는다
드문드문 말이나 붙이면서
둥글둥글한 머리통에서 쏟아져 나온
반짝거리는 마늘 하얀 속살과
평생 껍질을 벗긴
허드렛 손주름을
번갈아 만져 보는데
사뿐히 창을 넘어오는 노을
집안 곳곳에 배인
마늘 냄새도 꽃향기처럼

교감交感

방 안에
아무도 없었다

곤한 잠 속을 누가 다녀갔나
몸 속 불 켠 듯 환하다
윗목 화초들 깨어 있었구나
잦은 생각으로 고르지 못한
내 숨소리 닦느라
밤새 잠을 설치고
축 늘어진 이들 아침잠

물뿌리개로 뿌려주는
나의 봄비 소리를
넙죽 받아 담는지
그새 부쩍 귀가 넓죽해진
스파티필름 일가一家

파를 키우다

난초는 향기를 지키는
칼자루를 꽉 잡고 있고
호박은 뒤처지는 세월을
질긴 힘줄로
울타리에 걸쳐둔다

파 한 단을 잘라 먹고
뿌리만 부엌 바닥에서 굴렀는데
상처에서 새 살 돋네
매운 내성을 기르는지
무골, 중심을 세운다

봄 앞에 선다
물집 든 발을 덮으며
새 순 돋는 날들
잘리고 뜯겨도
다시 고개 쳐드는 아린 맛

제4부 그 섬에 갔다

엄나무에게로 가서

얼짱 장미는
손 타지 않겠다고
명함에 아예 손톱가시를 새겼는데
저 엄나무
숱 많은 생각의 머리카락뿐
밋밋한 몸에
온통 철조망을 휘감았군
더 가까이 가서
아무래도 감추려는 귀한 정신
그 무엇인가를
자세히 들추어 보고 싶다
꼭 꺼내 가지고 싶다

풍란

포근한 흙의 덧옷을 입고
생각의 뜸을 들이며
심지心指를 잘 감추어 세상에 숨기거늘
때 되면 거침없이 날아오르거늘
바람의 딸이라서
이 풍진風塵에 어찌
처음부터 맨발을 훤히 들어
겨누기보다 표적으로 더 살았겠는가
쓴 목숨을 얼마나
달이고 우려낸 노래인가

눈물 향기, 송글송글 바람에 떠오르다

매화말발도리

봉화군 명호면 북곡리 산 61번지에 터 청량산을 씻고 닦으며 때깔 내는 것이 소나무 잔 솔질인 줄 알았겠는데, 다들 그렇게 아는데. 그 발치에 앉은 너럭바위 한 채, 그 답답한 숨길을 확 뚫고 나선 나무 한 그루 키도 안 되고 몸매는 더욱 아닌 비쩍 마른 것이 산에다 털썩 몇 섬지기 봄을 부린다 문 밖 한 발짝 떼어놓지 못한 배냇병신의 숨결인데 거미줄 치렁거리는 매향梅香을 한 바퀴 열두 바퀴 천만 바퀴 돌려 감는데 지치지도 않고 수중手中에 산을 꽉 움켜쥐고 산 아래 마을로 내려가고 밤중에는 나뭇가지를 타고 별에 오른다

자신이 가진 것이면 무엇이든 쪼개고 나누는 사람들, 심은 만큼은 어림없어도 '심어 거두는 것이 땅과 하늘의 약속'이라는 농부 이 같은 사람 말발도리들이 울퉁불퉁 투덜거리는 고빗길을 한껏 보듬고 간다 저만치 누가 이름과 비단을 휘두르고 세상 지름길을 혼자 내달릴 때도 비틀리고 꽁꽁 얼어붙은 한 시대를 다잡고 '더불어 가는' 말발도리의 손아귀에는 핏방울 맺히고, 똑 똑 떨어지고, 철쭉으로 피고 봄으로 건너가고, 봄길 천리에 눈물 향기 깔아놓는다.

바가지

밭이든 언덕이든 다 제집 마당이라고
퍼질고 앉아 실컷 놀던 사촌들은
풍풍 흙냄새를 풍기면서
내게서 물냄새를 맡았다
낮 동안 책에 폭 빠져 있다가
밤에는 살금살금 다락방에 올라
낮에 보지 못한
달빛 세상에서 뒹굴었다

서울까지
먼 길
기차에 업혀 왔다

대박으로 굴러다니며
세상을 계산 속으로 되질하지 않고
쪽박이라
샘물을 담을 수 있다니
퍼 나를 수 있다니

매화

한 세상을
누구는 얼굴로 뜨고
누구는 소리로 닿네만
이렇듯 많은 소통 중에서
온기 한 점 앞섶에 차고
엄동설한을 밀고 가네
"언 땅에서 오는 기별은…
생수 같으니…"
몸 밖으로 빠져 나가는
고운 말씀들
저리 해맑고
저리 훤히 밝아

사라사 舍那寺 에 갔을 때

용천리 개울에 와서
두 손부터 닦는다

심심한 물소리 산등을 치고
슬그머니 마을쪽으로 내려서고

고요는
절간 곳곳에 널리는데

삼층 석탑 앞에
발목 접은 노을 반쪽

또 누군가
길을 버린다

그 섬에 갔다

너는 떠나고 없었다
수평선을 끌고 오던 바닷물이
서서히 바다의 거대한 공복을 채우고
또 갑자기 달려나가며 바닥을 드러낼 때
거기 질퍽한 허무를 휘감고 자라는 것들과
거기 질펀한 우울을 밟는 바닷새들 유희를
초소의 창틀을 통해
바라보고, 바라보고 했다

삶이란 그저
내 안에 들고 나던 물때였는지도 모른다
다시 섬에 왔을 때
나는 비로소 '너'라는 섬과 마주치고
충돌했던 것을 알았다
깨진 시간은 조수潮水 어디쯤
걸려 있는 것일까
텅 빈 하늘에
푸른 잎새를 불러내고 있는 새처럼
너를 품고
내게로 곧장 밀려오는 마지막 섬 한 채
다 가라앉았다고 믿은 한 시절의 파편이

심장까지 위협해 온다
다시 말하자면 그러니까
생각을 걷어낸 오감五感은
허구虛構다

별꽃

이 너른 천지에도
네 땅은 비탈진 풀밭
차곡 차곡 별로 메꾸네
지상에 가장 작은 별
세상에 가장 작은 꽃

민들레 불타는 지붕 아래
가만히 숨쉬는 봄이
바람을 타고
점점이 퍼져 나간다
스치면 별로꽃, 멈추면 참별꽃

가장 낮은 하늘
가장 가까운 별

고갯마루에서

작은 나무는
큰 나무를 올려다본다
게으르게 머물지 않고
나아갈 수 있는
내일의 길

큰 나무는
작은 나무를 내려다본다
앞만 보고 내달릴 게 아니라
손 내밀어 끌어줄
오늘의 길

그리고 마주보며 끄덕인다
주어진 길은
발 아래 편편한 평지가 아니라
머리에 이고 가는 사닥다리 길
하늘로 함께 오르는 숲

거기 까마득히
해 있기에
달과 별 있기에

꽃을 보다

― 체육공원에서

어제 반쯤 벌었던 벚꽃
오늘 만개하여
눈꽃 세상이다

어른이나 아이나 카메라를 누르다가
서둘러 사진 속으로 들어간다
누구는 꽃그늘에 들고
누구는 멀리서 본다
다른 누군가는 꽃가지를 분지른다
사랑한다는 말이 푸짐하다
사랑한다는 말이 서로 다르다
사랑이 이처럼 물결치면서
그 안에 바람을 기르고
그 바람은
곧 꽃잎을 날릴 것이다
한 번 피운 꽃은 머물지 않고
언젠가 그 자리를 뜰 것이다

겨울강

층층나무를
산에 빼앗기고
저녁 이 한 시간
노을에 온몸 베이고 핏물 들며
자갈밭을 더듬어 내려간다
그토록 오래 흘렀는데
정작 스친 건
까짓 소매뿐이라니

이쯤서
한 번
돌아본다
그래, 거기 너 있어
살가웠던 하루
너를 품고 있어
그마저 가득한 산

산책길

산 하나 물려받은 바 없고
그렇다고 버젓한 건물 올리지도 못했다
수없이 발자국에 짓눌렸는지
긁히고 얽은 얼굴에
혼자 끊임없이 기어간
기억만은 한 켠 잘 쌓아두고 있다
그래서 몇 그루 나무나
달과 별들이 전폭 지지하는
하나의 길로 서 있다

밟히기 두렵고 적막해서
혼자서
길이
되지 못한
사람 하나 걷는다
몸보다 수시로 앞질러
길 밖으로 빠져 나가는 마음
곧장 돌아올 때까지
온몸으로 걷는다

황사

꽃 같은 몸도
샘바람 앞에서
좆좆 모래를 씹었다
또래의 꽃어울 언저리를 맴도는
누렇게 뜬 얼굴
봄을 매번 걸렀다

풋보리 탱글거리는 사춘思春마저
만져볼 수 없었는지
미처 손 쓸 사이도 없이
누렇게 길바닥에서 흩날린,
내 여섯 살 때
예닐곱 위의 앞집 처녀

꽃뱀

한나절 꽃그늘을 벗어나자마자
돌팔매질에 납작해지면서
세상은 무늬만 꽃이라고 중얼댄다
햇살 맑은 하늘 아래
잠시 풀꽃이었으련만
한치 앞 눈앞을 꽉 메운
두꺼비의 엉덩짝에 입을 댄 순간
한 생애를 녹인다
낮달이 반쯤 눈을 감아
은근히 공모共謀하고
새파랗게 까무라친 풀들이
툭툭 털고 일어나
가쁜 숨길을 고른다

절정

물이 키를 세울 수 있는 곳
한 번도 가 보지 못한 곳
아찔한 벼랑 끝에서
뛰어내려야 한다
그렇게 얻어진 이름
벼랑이 높을수록
빛나는 높이
강물이 바다로
그 먼 길을 가면서
단 한때를 타고
그래서 한 세계를 얻는 일
물이 무지개를 입고 날다가
바닥으로 곤두박질칠 때
키는 맨바닥이다
그의 생애는 찰나다

여름꽃

꽃들은 불구덩이에서
하루에도 몇 번 몸을 뒤튼다
웃음이 타들어가도
머리에 숯불을 이고
웃는다

소나기를 기다리는데
줄곧 쏟아붓는 장맛비
깊은 물길 속에서
허우적거리는 나날은
생生이 둥둥 떠다닌다

기다리고 또 기다린다
그냥 무심한 나날을
길게 여윈 꽃의 목을 보아라
긴 밤은 꼬박꼬박 찾아와
버티는 목 위에 걸터앉는다

갈대

― 화정천 부근

한 번쯤
저 푸른 물에
머리를 처박고
그리움에 몸 푼 적 있다

소나기가 벼락쳤다
허리를 굽히면서 꺾지 않았다
폭풍은 머리채를 잡고 흔들었다
온몸을 사시나무 떨면서
갈퀴발로 움켜쥔 땅
들뜨지 않았다

내 몸이 저어가는 가을물에
거친 바람도
빳빳하던 햇살도 등을 눕히고
고요히 함께 휜다

소금

큰물에서 빠져 나온
파도 한 자락
갯바닥 두렁에 발이 빠졌다
푸른 피 뛰는 심장을
쉼없이 쪼아대는 햇살
물 젖은 살점을
수시로 말리는 바람

거품을 토해내고
마지막 몸부림마저 거두면
마침내 남는
바다의 흰 뼈
밥상에 오른다
때마다 조금씩 우려내는 바다
지상의 싱거운 삶에 간을 맞춘다

진주반지

정릉 한 동네에서 평생을
그것도 '건아약국' 안에서 왔다 갔다
동네 사람의 아픔을 쓰다듬던 언니
하얀 손가락에 반지는
풀섶 이슬처럼 빛난다
형부 먼저 가신 지도 한참
집 안팎 살림을 도맡아서
삼남매도 야무지게 건사했다

모처럼 한가롭게 끼어본 반지
칠순에 상賞을 준
며느리의 선물이고
외아들이 골랐다는데
그들은 가끔 보았던 것일까
어쩌다 얼굴을 할퀴는 파도
모래알을 씹으며 뱉으며
진주로 바꾸던 그 세월

신축

골목 끝집 흙마당은 꽃나무들과 함께 쏙 뽑혔다
포크레인은 토막친 집 부스러기를 긁어내고
갈기갈기 찢긴 내력을 시멘트로 꽉 눌러 덮었다
동네 어깨를 내려치는 망치
머릿속을 콕콕 찍어대는 쇠꼬챙이 소리
급조되는 빌라의 텅 빈 칸칸에서
새벽부터 시끌벅적한 분주에
골목 안 공기는 부글부글 끓었다

바로 맞은편 교회도 이 등쌀에 넋을 놓았다
하루아침에 몸을 거품처럼 허물고
소란을 이어가며 새 몸을 만들기 시작했다
품안에 쌓았던 기도말은
콘크리트 축대 밑에 납작 깔렸다
일요일, 찬송가 대신 소란에 얻어맞고
골목집들이 목을 꺾는 사이
신축은 대뜸 그들 머리를 넘어서고 있다

된장 또는 묵은지 같은
기억의 냄새 날라가고

허우대나 번들거릴 텐데
신축은 신축끼리 겨누듯
두 몸 은근히 서로 째려보며
아직은 텅 빈 속
우쭐거림만큼은 미리 폼을 잡는다

친구

― 주경에게

서울이라는 객지에 유학 와서
너랑 학기마다 시험 준비를 하며
네 집에서 밤을 새우던 때 생각나고
나의 중등교사 초임시절
조퇴하고 대구에 내려가서
어설픈 축가로 네 결혼 축하했지
껑충 세월 건너 뛰어
네가 시립대학 강사로
얼마 안 되는 첫 강의료를 떼어
선뜻 쌀 한 말에 덤으로 보태준 말
내가 넘던 고갯길에 있었네

서로 바쁘게 살면서도
만나 밥을 사주며 격려해 주었지
때로 내가 사겠다는 시늉을 하다가도
잘나가는 네 가계家系에 밀려 뒷짐만 지지
굳이 들먹이지 않아도
자신만으로도 알차고 빛나는 친구
'있는 그대로의 나를 아는 것' 이 어딘가
내가 네 딸의 결혼식에 간 것처럼

네가 내 아들의 결혼식에 왔지
네가 나를 응원하는 것처럼
나는 너를 위해 기도한단다

*김주경 : 제일여중, 경북여고와 이대 영문과 동기동창

하양인의 숨결! 길이 빛나시라

― 하양초등학교 개교 100주년 축시

무학재 어깨 펴 꼿꼿이 서고
금호강 맑은 물이 씻어주는 빛고을 꽃재에
하양인의 교육전당이 우뚝 서 있습니다
백 살 거장의 심장 뛰는 소리를 들어보십시오
이 품 안에서 우리의 믿음과 사랑이 움텄습니다
우리 소망과 청운의 꿈도 부풀었습니다
그리하여 전국으로 퍼져 나간 선후배와 친구들은
학자, 종교인, 예술인 또는 정치가나 산업역군이 되어
연어처럼 세월의 물살을 거슬러
오늘, 아늑한 고향의 품으로 돌아왔습니다

1911년 10월 20일 도리동 막사에서 개교하고
6.25동란을 거치며 비 새는 천막교사로 떠돌아도
무엇으로도 배움의 터전을 허물지는 못했습니다
4층 교사校舍와 키재기하는 저 푸른 소나무들
나이테에 백년 세월 돌돌 감아서 지키고 있습니다
운동장 돌아가며 측백나무 울타리 너머로
사과 꽃구름 피어나던 과수원 백리, 천리길
이 꽃재에서 지금까지 23,235명이나 졸업했고
지금은 56학급 1천 8백명 재학생들 꿈의 요람

부러운 '숲 속의 학교'로 이름을 떨칩니다

풀 뽑고 돌멩이 가려내던 선생님과 선배님
그 땀과 사랑을 신나게 밟았던 운동장에는
이제 온갖 나무들 어우러져 큰 숲을 이루고
깃든 후배들 숨소리도 푸르기만 합니다
이 세상 너른 땅, 많고 많은 사람들 중에서
하양초등학교라는 한 지붕, 배움의 같은 뿌리
하늘과 땅이 손뼉쳐 축하하는 오늘 잔치마당에
다시 찾은 인연의 기쁨을 축배 들어 밝힙시다
고무줄 끊고 달아나던 코흘리개 시절로 돌아가서
북 치고 장구 치며 한바탕 웃음으로 풀어봅시다

하양초등학교여 길이길이 빛나시라
몸으로 오고 마음으로도 온 이 자리는
우리 이만여 동창의 배움의 고향입니다
우리들의 자랑이며 희망인 후배들이여
스승님과 선배님들 그 초석의 꿈을 다지는
다음 백년의 반석이 되소서
그 위에 다시 천년의 탑이 창대하리다

아시아를 넘어 세계에 펼치는 열정과 힘으로
꽃재, 하양의 얼굴이 되소서
코리아의 얼로 영원히 빛나소서

댄디즘 혹은 선험적 죽음

― 김현숙 시집 《소리 날아오르다》의 시 세계

유한근

(문학평론가 · 디지털서울문화예술대학교 교수)

필자는 김현숙 시인의 시를 아주 오랜 만에 읽고 처음에는 먹먹해졌다. 여러 번 읽어봐도 그 마음은 오히려 더 깊어갈 뿐이다. 마음을 내려놓은 하심下心의 시라는 경지를 느낄 수 있음에도 불구하고 오히려 쓸쓸하기만 했다. 치열한 언어 인식을 통한 새로운 초극적인 지평을 보면서도, 그 시적 언어의 잔인함(?)이 가슴을 찔렀다. 그러나 그 잔인함은 치명적인 아름다움까지도 가지고 있다. 필자는 여기에서 오해의 소지가 다분한 '잔인함(?)' 이라는 용어를 썼다. '잔인함' 이라는 용어의 설명은 이 해설이 끝날 무렵이면 그 정체를 드러낼 것이다.

이 세상에서
강 건너 산처럼
마주 봤으니
남은 날 동안

쉼없이 돌다리 놓아
저세상 건너가선
한 데 엉기는 나무가 되자
향기 어울리는 숲이 되자

– 시 〈나무처럼〉 전문

　'나무'는 식물적이다. 식물이기 때문에 '식물적'이라고 한 것이 아니라, 동물적 생명력, 역동성을 보여주는 것이 아니라, 그 생명성을 움직임 없이 조용하게, 흔들리지 않고 안으로 역동성으로 보여주기 때문에 식물적이라는 말을 차용했다. '한 데 엉기는 나무'란 홀로 무소의 뿔처럼 우뚝 서가는 나무가 아니라, '더불어' 혹은 '어우러짐'을 최고의 미덕으로 생각하는 나무. 그리고 향기 어울리는 숲을 이루는 나무가 되고 싶다고 시인은 염원한다. 그런데 문제가 되고 있는 부분은 "저세상 건너가선"이라는 시행이다. 저세상은 저승이다. 이승에서 저승 사이에 강이 흐르는 것은 우리가 인식하고 있다. 그것이 토속적이고 샤머니즘적이라 해도 우리의 원형질 속에서 강이 흐른다. 그래서 그 강을 건너야만 저쪽 세상으로 갈 수 있다. 그리고 그 강을 건너기 위해서는 배로 가야 한다고 인식하고 있지만 김현숙 시인은 "남은 날 동안/ 쉼없이 돌다리 놓아" 그 세상을 가겠다고 한다. 이웃 집 마실가듯 쉬운 길로 인식하고 있는 것이다. 그 세상을 마주 보고 살았던 지난 세월들을 회억하기보다는 남은 세월 동안 돌다리를 놓겠다는 의식까지도 그 의미로 함유하고 있다. 자신을 나무로 인식하고 있는 시인은 저세상 가는 길을 선험적으로 인식하고 있다는 사실이 우선 독자를 먹먹하게 한다.

이렇듯 김현숙 시인은 인간을 나무로 비유하고 이승과 저승이라는 공간을 선험적 상상력으로 넘나든다. 시 〈엄나무에게로 가서〉는 '얼짱 장미'와 '엄나무'로 비유되는 인간의 본성 탐색을 통해 '귀한 정신'이 무엇인가를 사유한다.

햇살 고개 숙여드는 무렵에/ 살아가는 쓸쓸함에/ 자꾸 목메이면서 걷다가/ 나무 한 그루 만나/ 잘 뻗어간 가지 보았다/ 그 그늘에서 쉴 때/ 나무 둥지 뒤에서/ 반쯤 얼굴 가린 풀꽃 웃고 있었다/ 고개 들었을 때/ 먼 길에서 손 흔드는/ 산 하나 보았다/ 많은 사람들 오갔고/ 많은 건물들 번쩍였는데/ 다만 내게로 걸어오던 그들/ 서서히 목쉰 울음 갈았고/ 새소리 배우던 그때를/ 지금도 한 번씩 돌아보고 있다
– 시 〈길 따라 가면서〉 전문

시 〈길 따라 가면서〉는 저물 무렵 "살아가는 쓸쓸함"에 목이 메여 길을 걷다가 만난 나무 한 그루, 풀꽃, "먼 길에서 손 흔드는/ 산", 그리고 많은 건물들 속에서 시인 자신에게로 다가오는 것들에게서 '목쉰 울음'을 듣고, "새소리 배우던 그 때를" 되돌아보는 시인의 심정을 잔잔하게 묘사한 시이다. 여기에서 주목되는 키워드는 '살아가는 쓸쓸함'이다. 그리고 '목쉰 울음'과 '새소리'이다. 이들의 유기적인 구조가 만들어 내는 시의 정서는 자연과의 화해 혹우 자연과의 화합이라는 차원의 것이 아니라, 그것을 통해 느끼게 되는 시인의 마음일 것이다. 그것은 체념일 수도 있고 마음 내려놓기, 즉 하심下心일 수도 있다. 이런 정서가 시 〈엄나무에게로 가서〉에서 함유하려 하던 '귀한 정신'일까? 아니면 "새소리 배우던 그때"의 영혼이 구한 정신일까?

길이 등에 혹을 달고 걷는다
금방이라고 굴러내릴 것 같은
가파른 언덕의 포장마차 두 채
쌍봉에 더운 오뎅국을 끓이며
겨울사막을 건너가는 낙타

소나기 길길이 날뛰는 밭머리에서
빗줄기 따라 널뛰던 잎사귀 뒤에
잎사귀보다 더 새파란 입술을 물고
죽은 듯 엎드린
배추벌레 한 마리

神이 초강력본드로 눌러붙인 것일까
유일무이한 그의 밥상
그의 업을 꼭 붙들고 놓지 않았다
앙칼진 손끝을 적시던 초록 핏물
빗방울보다 더 굵게 뚫어진 여름을 보았다

한파 속에서 돌아오는 사람들
따뜻한 입김으로 녹이며
엄동설한에도
뚜벅뚜벅 낙타는 걷는다
사막이 있는 동안

– 시 〈길 위의 집〉 전문

이 시 〈길 위의 집〉은 "겨울사막을 건너가는 낙타"를 모티

프로 하여 쓴 시이다. 이 시에서 낙타가 표상하고 있는 것은 우리 모두의 삶일 것이지만, 축소시키면 시인 자신일 수도 있다. 시인은 겨울사막을 걸어가는 낙타로 자신을 인식하고 있는 셈이다. 이 시의 배경은 겨울사막이 아니다. 이 시의 시간적 배경은 겨울이고, 공간적 배경은 시의 제목인 '길 위의 집'인 것이다. 낙타의 쌍봉처럼 언덕 위에 위치한 포장마차 두 채가 그 공간적 배경인 셈이다. 오뎅국이 끓고 있는 그곳에서 시인은 배추벌레로 표상되는 한 사람을 미학석 상상력으로 확대시키고, 그의 삶을 신이라는 존재인 초월적 상상력으로 뻗쳐 나간다. 그런 뒤 다시 하늘에서 땅으로 그 상상력을 끌어 내린다. 시간적으로는 겨울에서 여름으로, 공간적으로는 하늘에서 땅으로, 포장마차에서 사막으로 수직과 수평의 공간을 상상력이 넘나든다. 그리고 그 상상력을 통해 인간 삶의 모습 속에 자신의 삶의 모습을 투영시킨다.

그리고, 시 〈숨 가쁜 날〉에서는 한 사람의 희망을 탐색한다.

토실토실 살오른 나무들
풀풀 향기 날리는 꽃잎들
분수처럼 뿜어내는
햇살을 찢으며
느닷없이 소주병이 날라들자
봄의 얼굴이 박살난다
누가 쏘아댄 분노의 화살이
지구의 정수리에 내리꽂힌다
나무의 푸름마다 금이 가고

– 시 〈숨 가쁜 날〉 전문

봄 4월을 시인은 '숨 가쁜 날'로 표현하고 있다. 푸르러지는 나무들을 '살오른 나무들'로, 그리고 꽃잎의 향기를 분수처럼 뿜어져 햇살을 찢는다는 이미지. 그리고 내버려지는 소주병으로 박살난 봄. 그의 분노의 화살이 지구의 정수리에 내리꽂혀 오염시키자 숲이 금 가고, 수런거리고, 헉헉거리며 헐떡거린다는 표현을 통해 환경오염, 지구 훼손의 4월을 '숨 가쁜 날'이라고 표현하고 있다. 그리고 오월을 깨진다고 표현하고 있다. 표현 구조가 독특하다. 그 감성도 독창적이어서 오히려 낯설기조차 하다. 4월을 잔인한 달이라고 노래했던 시인에 비해 4월의 어느 날을 '숨 가쁜 날'로 표현한 김현숙 시인의 독창성이 주목된다. 나는 일찍이 이러한 특별한 생태주의적인 시를 본 적이 없기 때문이다. 이런 맥락에서 보아야 할 시가 〈지구가 앓고 있다〉이다. 황사로 인해 부황 든 얼굴의 봄, 나무를 잘라버린 숲은 물이 마르고, 가스는 지구를 덥히고 죽어가는 땅. 이 땅을 구제하고 마르지 않는 샘을 기르기 위해서는 나무를 심어야 한다는 대對인류적인 환경 메시지가 들어있는 시이기 때문이다.

네 뒷모습

골목 꺾어서 돌아갈 때까지
눈에 오래 넣어두었다
푸른 별을 이고서
산 넘고 물 건너 갈 때까지
가슴에 오래오래 담아두었다
장맛비에 떠내려갔는지
그날 이후
본 적이 없나

한없이 기어간 뱀의 흔적처럼
구불구불 함께 걸어간
아주 기다란 시간 위에서만
또록또록 눈뜨는 푸른 별 한 개
자꾸 눈을 맞추다가
자꾸 뒷걸음치다가
아무래도 먼 날
내 관 속까지
너 따라올 것 같다

- 시 〈반디지치—푸른 사랑〉 전문

'반디지치' 는 5, 6월에 피는 들꽃이다. 육지에서는 보기
드문 꽃으로, 파도소리가 들리는 숲이나 해변에서 볼 수 있
는 꽃으로 되어 있다. 그 꽃을 시인은 '푸른 사랑' 으로 인식
한다. "푸른 별을 이고서/ 산 넘고 물 건너 갈 때까지" 가슴
속에 담아두었던 꽃인 '반디지치' 를 시인의 상상력은 "한없
이 기어간 뱀의 흔적처럼/ 구불구불 함께 걸어간/ 아주 기다

125

란 시간 위에서만/ 또록또록 눈뜨는 푸른 별” 하나로 인식한다. 대단한 감각적인 표현구조이다. 그 별과 눈 맞추다가, 뒷걸음치다가 시인의 “관棺 속까지/ 따라올 것 같다”는 표현은 죽음에 선험적 인식과 함께 그 지독한 사랑, 서슬 푸른 사랑, 깨어지는 사랑으로 인식한다. 시인에게 있어 ‘반디지치’로 표상되고 있는 그 사람 혹은 그 무엇에 대한 구체성을 발견할 수는 없어도 그 사랑은 ‘지독한 사랑’이며 ‘영원한 사랑’임을 느낄 수 있게 된다. 그러나 자명한 것은 아니라 해도, 자명한 것은 바닷가 숲과 해변 그곳에 대한 사랑과 ‘반디지치’에 대한 시인의 사랑은 우리 모두 알 수 있을 것이다.

짱짱한 오뉴월 땡볕/ 어머니 손발은 밭에서 익고/ 빨래가 줄타기하는 동안에/ 장독 하나 하나 속을 열고/ 햇빛과 바람을 깊이 묻었다/ 종종걸음 꼬부랑길 백리/ 집 안팎 고갯길도 넘는지/ 속적삼 흥건히 적시는 땀방울/ 물기 다 거두어 간 저녁엔/ 어머니 몸에 피던 소금꽃// 울타리 둘러친 풀꽃들 중에/ 으뜸으로 질긴 뿌리꽃, 어머니/ 다시 돌아보는 굽은 등줄기에/ 밀물 썰물 들락거리면서/ 짠 세월 밀쳤다 당겼다 주름 긋고/ 잦은 빗줄기에 새끼들 삭을까 녹을까/ 재꼈다 넘겼다 하는 햇살/ 쫓아가며 주워 담은 무명 앞치마/ 그 낮은 길 따라/ 고요 가득한 소금꽃 하얀 꽃밭
— 시 〈소금꽃〉 전문

이 시 〈소금꽃〉은 오뉴월의 사모곡思母曲이다. “어머니 몸에 피던 소금꽃”. 그 꽃에 대한 인식과정의 시이며, 그 인식과정에서의 어머니에 대한 이미지, 그의 삶에 대한 은유적인 표현이 “고요 가득한 소금꽃 하얀 꽃밭”처럼 가득 넘쳐나는

사모곡이다. 시 문장의 구조가 촘촘하여 풀어 헤쳐 설명되기를 거부하는 시이다. 어머니에 대한 사랑의 시는 자식에게 대물림하기 마련이다.

그 시가 〈밥그릇을 위하여〉다. 이 시는 "나, 밥그릇/ 밥보다 많은 눈물이 찰랑거렸다"로 시작한다. 그리고 2연에서는 "식솔과 먹고 사는 일/ 짧은 개미다리로 바삐 뛰다가/ 땡볕에선 목마른 매미울음을 쏟았다/ 가끔 밖에서 받는 따뜻한 밥상머리에서는/ 순한 가시, 두 아들 목구녕에 꽉 걸렸나/ 아직도 밥은 나의 천적이다"로 시작한다. 어미의 자식 사랑은 '자식에게 밥 먹이는 일'이다. 그것이 가장 큰 사랑이며 본능적이고 원색적이고 본질적인 사랑 표현이다. 그 마음을 시 〈밥그릇을 위하여〉는 표현하고 있다.

어제 반쯤 벌었던 벚꽃
오늘 만개하여
눈꽃 세상이다

어른이나 아이나 카메라를 누르다가
서둘러 사진 속으로 들어간다
누구는 꽃그늘에 들고
누구는 멀리서 본다
다른 누군가는 꽃가지를 분지른다
사랑한다는 말이 푸짐하다
사랑한다는 말이 서로 다르다
사랑이 이처럼 물결치면서
그 안에 바람을 기르고

그 바람은
곧 꽃잎을 날릴 것이다
한 번 피운 꽃은 머물지 않고
언젠가 그 자리를 뜰 것이다

- 시 〈꽃을 보다〉 전문

위의 시 〈꽃을 보다〉는 벚꽃놀이 풍경을 스케치한 시처럼 보인다. 그러나 이 시에서 간과할 수 없는 시행은 "사랑한다는 말이 푸짐하다/ 사랑한다는 말이 서로 다르다/ … / 한 번 피운 꽃은 머물지 않고/ 언젠가 그 자리를 뜰 것이다"이다. 만개한 벚꽃이 바람에 날려 소멸되어 가는 이미지를 사랑과 소멸, 즉 죽음과 연결시켜 유기적 구조로 형상화 한 것이다. 만개한 벚꽃의 이미지를 "사랑한다는 말이 푸짐하다"고 표현하고는 있지만, 그 뒤 행인 "사랑한다는 말이 서로 다르다"라는 시행과 유기적 반응을 통해 무상無常하지 않은 사랑의 속성과 우리 인간의 삶을 비유적으로 표현하고 있는 것으로 볼 수 있으며, 어떤 사랑도 그럴 것이라는 선험적 인식과 죽음에 대한 선험의식에서 창조된 이미지로 보아야 할 것이다.

아침고요 숲속 길/ 줄지어 따라가며/ 오늘 푸른 강물이예요// 깊디깊은 산 속에서 살았죠/ 지갑 비었다는 입소문/ 빠르게 퍼져 나갔고요/ 벌 나비도 눈치 챘지요// 바깥으로 얼굴을 쑥 뽑아 얼굴로나 살까 하다가도/ 속임수로 산다는 게 부끄러워/ 바로 얼굴을 지워 버렸어요// 우리는 줄지어 띠를 만들고/ 얼굴 없는 물/ 푸른 미래로 흘러가요

- 시 〈산수국〉 전문

'산수국'은 7,8월에 피는 흰색, 푸른 색 그리고 붉은 색 꽃이다. 이 시는 가르마처럼 나있는 숲속을 따라가다 보면, 푸른 강물을 만난다로 시작한다. 그리고 시의 마지막행인 "푸른 미래로 흘러가요"에서 보듯이 이 시의 대상인 산수국은 푸른색 꽃을 의미한다. 이 시속에는 많은 이야기들이 행간 속에 숨겨져 있는 것으로 보인다. 그것을 자명하게 탐색할 수는 없어도, 마지막 연을 통해 그나마라도 해석해 보아야 할 것이다. "우리는 줄지어 띠를 만들고/ 얼굴 없는 물/ 푸른 미래로 흘러가요"로 이 시의 모티프를 추론해 보아야 할 것이다. 아침고요 숲속 길을 따라가며 만나는 푸른 강물, 얼굴 없는 물, 그리고 흘러가는 푸른 미래의 연결이 그것이다. 이 시를 죽음과 연결시킬 때와 '푸른'이라는 색채 이미지와 미래라는 시어를 키워드로 이 시를 이해할 때는 극단적인 해석이 가능할 것이다. 그러나, 선험적 죽음이 미학적일 때 이러한 긍정적인 색채 이미지를 가질 수 있다는 점에서 불이不二일 수도 있다.

용천리 개울에 와서
두 손부터 닦는다

심심한 물소리 산등을 치고
슬그머니 마을쪽으로 내려서고

고요는
절간 곳곳에 널리는데

삼층 석탑 앞에
발목 접은 노을 반쪽

또 누군가
길을 버린다

– 시 〈사라사숨那寺에 갔을 때〉 전문

이 시〈사라사숨那寺에 갔을 때〉를 읽으면 시인의 마음이
'사무사思無邪'이고 하심下心의 경계에 들어섰으며, "또 누군
가/ 길을 버린다"라는 끝 연을 통해 연기緣起마저도 끊어버
리는 수행자의 면모를 느끼게 된다.

작은 나무는/ 큰 나무를 올려다본다/ 게으르게 머물지 않고/
나아갈 수 있는/ 내일의 길// 큰 나무는/ 작은 나무를 내려다본
다/ 앞만 보고 내달릴 게 아니라/ 손 내밀어 끌어줄/ 오늘의 길//
그리고 마주보며 끄덕인다/ 주어진 길은/ 발 아래 편편한 평지
가 아니라/ 머리에 이고 가는 사닥다리 길/ 하늘로 함께 오르는
숲// 거기 까마득히/ 해 있기에/ 달과 별 있기에

– 시 〈고갯마루에서〉 전문

위의 시 〈고갯마루에서〉는 시인의 댄디즘 사상이 잘 나타
나고 있는 시이다. 보들레르는 댄디즘을 정신주의 혹은 극기
주의에 맞닿아 있는 것으로 보았다. 그리고 그것을 종교로
여겼으며 자아를 초극하는 의지의 미학으로 보았다. 종교적
으로는 불교적 인식과 맞닿아 있는 인식의 결과로 보았으며
위로 오르려는 자아의 극복의지로 해서 초월자 앞에 제물이

되기를 갈구하는 희생정신으로 간주했다. 이러한 사상이
〈고갯마루에서〉는 3연의 "머리에 이고 가는 사닥다리 길"
"하늘로 함께 오르는 숲" 그리고 4연의 "해 있기에/ 달과 별
있기에"에서 나타난다.

　김현숙 시인은 제8시집 《소리 날아오르다》의 자서 〈언어
의 집짓기〉에서 이렇게 토로한다. "시는 '삶의 노래' 다. 삶
이 있는 한 노래는 지속될 것이다"라고. "시를 비롯한 모든
창작이 예술인의 특질을 벗어나 사회 누군가에게 희망이나
위안이나 용기를 주는 삶의 지표 또는 삶의 순화라는 적어도
이런 소명의식을 잊어서는 안 될 것 같다"라고 회한 섞인 지
혜의 말을 하고 있다. 여기에서 시인이 개진한 키워드 '희망
과 위안과 용기의 삶의 지표 또는 삶의 순화' 는 보들레르의
댄디즘의 자아 극복 의지와 극기하는 정신주의에 뿌리를 두
고 있는 것은 아닐까? 그것이 곧 잔인한 극지주의는 아닐까?
이러한 우리의 추론은 자명하다.

김현숙 제8시집

소리 날아오르다

•

지은이 / 김현숙
발행인 / 김재엽
발행처 / **한누리미디어**
디자인 / 지선숙

•

121-840, 서울시 마포구 서교동 395-13 서원빌딩 2층
전화 / (02)379-4514, 379-4519
Fax / (02)379-4516
E-mail/hannury2003@hanmail.net

•

신고번호 / 제300-2006-61호
등록일 / 1993. 11. 4

•

초판발행일 / 2012년 6월 30일

•

ⓒ 2012 김현숙 Printed in KOREA

•

값 8,000원

•

※잘못된 책은 바꿔드립니다.
※저자와의 협약으로 인지는 생략합니다.
※이 책은 안산시 문화예술진흥기금 지원금으로 제작되었습니다.

ISBN 978-89-7969-427-7 03810